JEUNESSE

Collection dirigée par
Anne-Marie Villeneuve

Gilles Tibo

© Martine Flyon

Illustrateur depuis plus de vingt ans, Gilles Tibo est reconnu pour ses superbes albums, dont ceux de la série *Simon*. Enthousiasmé par l'aventure de l'écriture, il a créé d'autres personnages. Il s'est laissé charmer par ces nouveaux héros qui prenaient vie, page après page. Pour notre plus grand bonheur, l'aventure de Noémie est devenue son premier roman.

Louise-Andrée Laliberté

© Marc Riverain

Quand elle était petite, pour s'amuser, Louise-Andrée Laliberté inventait toutes sortes d'histoires pour décrire ses gribouillis maladroits. Maintenant qu'elle a grandi, les images qu'elle crée racontent elles-mêmes toutes sortes d'histoires. Louise-Andrée crée avec bonne humeur des images, des décors ou des costumes pour les musées et les compagnies de publicité ou de théâtre. Tant au Canada qu'aux États-Unis, ses illustrations ajoutent de la vie aux livres spécialisés et de la couleur aux ouvrages scolaires ou littéraires. Elle illustre pour vous la série *Noémie*.

Série Noémie

Noémie a sept ans et trois quarts. Avec Madame Lumbago, sa vieille gardienne qui est aussi sa voisine et sa complice, elle apprend à grandir. Au cours d'événements pleins de rebondissements et de mille péripéties, elle découvre la tendresse, la complicité, l'amitié, la persévérance et la mort aussi. Coup de cœur garanti !

Noémie
Bonheur à vendre

Du même auteur chez Québec Amérique

Jeunesse

SÉRIE PETIT BONHOMME

Les mots du Petit Bonhomme, album, 2002.
Les musiques du Petit Bonhomme, album, 2002.
Les chiffres du Petit Bonhomme, album, 2003.
Les images du Petit Bonhomme, album, 2003.
Le corps du Petit Bonhomme, album, 2005.

SÉRIE PETIT GÉANT

Les Cauchemars du petit géant, coll. Mini-Bilbo, 1997.
L'Hiver du petit géant, coll. Mini-Bilbo, 1997.
La Fusée du petit géant, coll. Mini-Bilbo, 1998.
Les Voyages du petit géant, coll. Mini-Bilbo, 1998.
La Planète du petit géant, coll. Mini-Bilbo, 1999.
La Nuit blanche du petit géant, coll. Mini-Bilbo, 2000.
L'Orage du petit géant, coll. Mini-Bilbo, 2001.
Le Camping du petit géant, coll. Mini-Bilbo, 2002.
Les Animaux du petit géant, coll. Mini-Bilbo, 2003.
Le Petit Géant somnambule, coll. Mini-Bilbo, 2004.
Le Grand Ménage du petit géant, coll. Mini-Bilbo, 2005.
Le Dernier Cauchemar du petit géant, coll. Mini-Bilbo, 2007.

SÉRIE NOÉMIE

Noémie 1 - Le Secret de Madame Lumbago, coll. Bilbo, 1996.
   • **Prix du Gouverneur général du Canada 1996**
Noémie 2 - L'Incroyable Journée, coll. Bilbo, 1996.
Noémie 3 - La Clé de l'énigme, coll. Bilbo, 1997.
Noémie 4 - Les Sept Vérités, coll. Bilbo, 1997.
Noémie 5 - Albert aux grandes oreilles, coll. Bilbo, 1998.
Noémie 6 - Le Château de glace, coll. Bilbo, 1998.
Noémie 7 - Le Jardin zoologique, coll. Bilbo, 1999.
Noémie 8 - La Nuit des horreurs, coll. Bilbo, 1999.
Noémie 9 - Adieu, grand-maman, coll. Bilbo, 2000.
Noémie 10 - La Boîte mystérieuse, coll. Bilbo, 2000.
Noémie 11 - Les Souliers magiques, coll. Bilbo, 2001.
Noémie 12 - La Cage perdue, coll. Bilbo, 2002.
Noémie 13 - Vendredi 13, coll. Bilbo, 2003.
Noémie 14 - Le Voleur de grand-mère, coll. Bilbo, 2004.
Noémie 15 - Le Grand Amour, coll. Bilbo, 2005.
Noémie 16 - Grand-maman fantôme, coll. Bilbo, 2006.

La Nuit rouge, coll. Titan, 1998.
Ma meilleure amie, coll. Album, 2007.

Adulte

Le Mangeur de pierres, coll. Littérature d'Amérique, 2001.
Les Parfums d'Élisabeth, coll. Littérature d'Amérique, 2002.

Noémie
Bonheur à vendre

GILLES TIBO

ILLUSTRATIONS : LOUISE-ANDRÉE LALIBERTÉ

QUÉBEC AMÉRIQUE jeunesse

Catalogage avant publication de Bibliothèque et Archives nationales du Québec et Bibliothèque et Archives Canada

Tibo, Gilles,
Bonheur à vendre
(Noémie ; 17)
(Bilbo ; 166)
Pour enfants de 7 à 9 ans.
ISBN 978-2-7644-0571-0
I. Laliberté, Louise-Andrée. II. Titre. III. Collection : Tibo, Gilles.
Noémie ; 17. IV. Collection: Bilbo jeunesse ; 166.
PS8589.I26B66 2007   jC843'.54   C2007-941324-2
PS9589.I26B66 2007

Conseil des Arts du Canada **Canada Council for the Arts**

Nous reconnaissons l'aide financière du gouvernement du Canada par l'entremise du Programme d'aide au développement de l'industrie de l'édition (PADIÉ) pour nos activités d'édition.

Gouvernement du Québec – Programme de crédit d'impôt pour l'édition de livres – Gestion SODEC.

Les Éditions Québec Amérique bénéficient du programme de subvention globale du Conseil des Arts du Canada. Elles tiennent également à remercier la SODEC pour son appui financier.

Québec Amérique
329, rue de la Commune Ouest, 3e étage
Montréal (Québec) H2Y 2E1
Téléphone : 514 499-3000, télécopieur : 514 499-3010

Dépôt légal : 3e trimestre 2007
Bibliothèque nationale du Québec
Bibliothèque nationale du Canada

Révision linguistique : Annie Pronovost
Mise en pages : Andréa Joseph [PageXpress]
Conception graphique : Célia Provencher-Galarneau

Imprimé au Canada

Pour Tamyann Ares-Laliberté

-1-
La petite voix

Ce matin, j'ai reçu une note presque parfaite pour ma composition française intitulée : *Les joies de vivre dans mon quartier.* Ensuite, pendant le cours de mathématiques, j'ai calculé le nombre de chaises qu'il y a dans ma maison et, en multipliant par quatre, j'ai trouvé le nombre de pattes. Cet après-midi, dans le cours d'arts plastiques, j'ai réussi à dessiner le plan de ma chambre comme si on la voyait d'en haut.

Et maintenant, trois minutes avant la récréation de l'après-midi, j'écoute mon professeur

nous raconter l'histoire des trois petits cochons et de leurs maisons de paille, de bois, et de briques. Je trouve cette histoire un peu bébé la la... Mais soudainement, lorsque la maison de bois s'écroule, il me vient un malaise. Un très gros malaise. Sans comprendre pourquoi, je commence à trembler. Une petite voix se fait

entendre dans ma tête. Cette petite voix me chuchote:

—Noémie, il se passe quelque chose de très grave dans ta maison.

Ma petite voix intérieure me parle souvent, et souvent, elle me dit n'importe quoi... donc, je ne m'en préoccupe pas trop. Je continue d'écouter l'histoire des trois petits cochons.

Deux minutes avant la récréation, ma petite voix hausse le

ton et me répète, encore une fois, que quelque chose ne va pas du tout à la maison. Mon cœur accélère dans ma poitrine. Mon sang bondit dans mes veines. Des tensions, semblables à de longs serpents, parcourent mon corps. Ma voix intérieure m'ordonne de me rendre chez moi en vitesse, tout de suite, maintenant, immédiatement, sans crier gare! La voix résonne dans toute ma tête en hurlant que c'est une question de vie ou de mort, que mon avenir est en train de se jouer là-bas! Je ne sais plus que faire…

Il ne reste qu'une minute avant le début de la récréation. Je me dis et me répète que mon destin peut attendre soixante secondes… cinquante secondes… Pour ne pas me lancer vers la porte de la classe, je ferme les yeux... Je les ouvre... Il reste quarante secondes... Je serre les dents... Trente secondes... Je m'agrippe à mon bureau... Vingt secondes... J'essaie de me calmer, de me concentrer, mais c'est absolument impossible. Ma petite voix intérieure est devenue plus forte qu'une fanfare... Dix secondes... Elle me crie de me dépêcher. Alors, pendant que je fixe l'aiguille qui trottine sur la grande horloge de la classe, mes muscles se tendent au maximum comme ceux d'un félin prêt à bondir sur sa proie.

Cinq secondes, quatre, trois, deux, un, DRING! La cloche résonne dans toute l'école. Avant même que les autres élèves n'aient le temps de réagir, un incroyable ressort

se déclenche dans mes jambes. Je bondis dans l'allée. Je vole jusqu'à la porte. Je survole le plancher du corridor. Je plane au-dessus de l'escalier. J'atterris sur la dernière marche, et plutôt que de me rendre dans la cour de récréation, je pivote vers la sortie. J'ouvre la porte en vitesse, je saute sur le trottoir, et je m'élance vers la maison. Mes pieds martèlent le trottoir comme dans les films que l'on visionne en accéléré. Je ne pense plus qu'à une seule chose : la maison... Rien ne peut m'arrêter, pas même les automobilistes, les camionneurs ou les motocyclistes, qui freinent en me voyant surgir sur les coins de rue.

Tout essoufflée, les poumons en feu et le cœur en alerte rouge, je m'arrête net devant chez moi. Fiou! la maison est encore là. Elle ne s'est pas écroulée. Elle ne s'est pas volatilisée comme dans l'histoire des trois petits cochons. Aucun loup ne rôde aux alentours. Tout semble normal... Trop normal. En reprenant mon souffle, je m'assois sur la première marche de l'escalier qui mène chez ma belle grand-maman d'amour en chocolat...

Au bout de quelques secondes, les battements de mon cœur ralentissent, ralentissent, ralentissent. Mon pouls redevient calme. J'avale un peu de salive et je repense à ma petite voix intérieure qui me criait de revenir à la maison. Alors, c'est plus fort que moi, je commence à engueuler ma petite voix intérieure. Je lui demande de cesser de me harceler avec des niaiseries. J'en ai assez de me faire déranger, tous les jours, par des élucubrations qui n'ont pas d'allure. Non mais, c'est vrai! Ma petite voix qui me dit ceci, qui me dit cela. Et moi, comme une belle girouette, qui cours à gauche et à droite. Je m'énerve, je m'essouffle, et je manque de faire des crises cardiaques, au moins dix fois par jour...

Un peu, beaucoup, et même très fâchée contre ma petite voix intérieure, je quitte les premières marches de l'escalier pour retourner à l'école, mais... Oh! Oh! Oh! je remarque que l'automobile de mon père est garée derrière celle de ma mère, juste devant la maison.

Étrange, très étrange.

Normalement, à cette heure-ci, mes deux parents devraient

travailler… et ils ne travaillent jamais à la maison!

Étrange, très étrange… Pourquoi mes parents sont-ils à la maison?

-2-

Le château
de cartes

Je jette un coup d'œil à l'intérieur des voitures de mes parents. Quelques dépliants publicitaires traînent sur les banquettes arrière. À part ça, je ne remarque rien d'anormal, sauf... sauf que les dépliants, dans les deux automobiles, ont tous un point en commun: les maisons. Il y a des publicités de rénovateurs, des publicités d'agents immobiliers, des publicités de fabricants de portes de garage, et... et nous n'avons pas de garage! Des publicités de tondeuses à gazon, et... et nous n'avons presque pas de gazon...

Étrange, très étrange.

Pendant que je réfléchis, ma petite voix intérieure commence à délirer, à imaginer des choses comme celles-ci : peut-être que mon père veut faire construire un garage sur le toit de la maison. Peut-être que ma mère voudrait faire pousser de l'herbe sur les balcons et qu'elle aura besoin d'une tondeuse ?… Mais, aujourd'hui, j'en ai assez de délirer. Je demande à ma petite voix de se taire.

— CHUT ! SILENCE !

Pour en avoir le cœur net, je décide de poser des questions à mes parents, mais je m'arrête devant la porte d'entrée. Si mon père et ma mère me voient arriver, comme ça, à l'improviste, en plein après-midi, ils vont me faire la morale et patati et patata, Noémie, qu'est-ce que tu fais ici? Tu n'es pas à l'école? Et bla, bla, bla... Je ne suis quand même pas pour leur dire que ma petite voix intérieure me demandait de courir à la maison car un drame épouvantable s'y passait! Je pourrais feindre un mal de ventre, mais je l'ai déjà fait plusieurs fois. Je pourrais feindre un congé pédagogique, mais un congé pédagogique à la fin d'un après-midi, ce ne serait pas logique. Il ne me reste qu'une solution: attendre encore un peu...

Mais, plutôt que de poireauter sur le trottoir, je décide de me rendre chez la seule personne qui ne me posera pas deux mille questions: ma belle grand-maman d'amour dont le réfrigérateur regorge de crème glacée à la vanille et de beignes au sucre d'orge. En salivant, je grimpe les marches quatre à quatre, j'entre chez grand-maman et je crie :

—Allô ma belle grand-maman chérie d'amour à la cannelle!

De la cuisine, grand-maman me répond, tout étonnée :

—Noémie?

—Mais oui, c'est moi!

—Déjà?

—Mais oui!

Je m'arrête à l'entrée de la cuisine. Grand-maman, assise à la table devant un paquet de cartes à jouer, me regarde, l'air perplexe. De gros plis parcourent son front.

—Grand-maman, qu'est-ce que vous avez?

—Franchement, Noémie, je ne le sais pas! Et toi, que fais-tu là?

—Franchement, grand-maman, je ne le sais pas. À l'école, j'ai eu un très gros malaise. J'ai eu l'impression qu'il se passait un drame épouvantable chez moi. Alors, j'ai couru jusqu'ici!

—Mon Dieu Seigneur, je viens de vivre le même phénomène. J'essayais de construire un château de cartes, mais il s'écroulait toujours. Et soudainement, j'ai eu un très gros malaise.

Ma grand-mère et moi, nous vivons régulièrement ce genre de situation. Nous avons souvent peur ensemble, froid ensemble, de la peine ensemble et quelquefois, nous avons des malaises ensemble.

Je m'assois près de ma grand-mère. Nous ne disons rien, et, en ne disant rien, nous commençons à fabriquer un château de cartes. Mais nous ne réussissons jamais à faire tenir le premier étage. Tout s'écroule.

— Mon Dieu Seigneur! C'est quand même curieux, marmonne grand-maman.

Après de multiples tentatives, en retenant notre souffle, nous réussissons à nous rendre jusqu'au deuxième palier. Nous ne bougeons plus, nous ne respirons plus, nous regardons notre château qui défie les lois de la gravité. Complètement immobile, je demande:

— Grand-maman, pourquoi mes deux parents sont-ils en bas, chez moi, à cette heure-ci?

Au moment où je termine ma question, VLAM! le château de cartes vacille et s'écroule sur la table. Grand-maman fait

la moue. Elle tourne la tête sur le côté pour ne pas que je la regarde, mais je vois ses yeux qui deviennent rouges et qui se remplissent d'eau. De grosses larmes coulent sur ses joues.

Je dis, en ramassant les cartes sur la table :

—Ne pleurez pas pour ça, grand-maman, nous allons faire un autre château, tout de suite!

Grand-maman essuie ses yeux. Elle renifle, puis elle murmure cette phrase incompréhensible :

—Snif... tes... snif... parents... snif... snif... maison... Snif... visiteurs... snif... ailleurs... snif... ville...

Je vais chercher des papiers mouchoirs et je les offre à grand-maman. Elle se mouche. POUET! POUET! comme si elle jouait de la trompette. Puis, elle prend une grande respiration, commence à parler puis elle éclate encore en sanglots. Tout ce que je réussis à comprendre, c'est que la présence de mes parents, en bas, l'inquiète au plus haut point.

Alors, prenant mon courage à deux mains, je dis :

— Grand-maman, ne bougez pas ! Je descends immédiatement pour voir ce qui se passe.

Grand-maman pousse un long soupir qui me fend le cœur. Je vais chercher son châle et je le pose sur ses épaules. Ensuite, CLIC ! j'allume la radio. Une douce musique envahit la cuisine. J'embrasse grand-maman sur les deux joues et je m'éloigne en disant :

— Ne craignez rien. Je suis là !

Elle soupire:

—Noémie... je... je préférerais que tu ne te mêles pas de ça...

—De ça... Quoi?

—Mon Dieu Seigneur, ça... ça, ce sont des histoires d'adultes... Il y a un monsieur, en bas, avec tes parents!

Mon cœur bondit dans ma poitrine.

—QUOI? C'est qui, ce monsieur? Vous a-t-il fait de la peine? Qu'est-ce qu'il veut? Est-ce que je le connais? Est-il venu ici, en haut? Pourquoi est-il en bas? Pourquoi pleurez-vous? C'est quoi, le problème?

Grand-maman ne répond à aucune de mes questions. Elle baisse seulement la tête et recommence à pleurnicher. En marmonnant des bouts de phrases sans queue ni tête, elle tente de m'expliquer quelque chose, quelque chose de grave. Mais je ne comprends rien, et je déteste ne rien comprendre.

Ça ne se passera pas comme ça, foi de Noémie!

-3-
La meilleure idée du monde

D'un pas décidé, je quitte l'appartement de ma grand-mère par la porte arrière. Je descends l'escalier en courant, je saute dans la cour et je me précipite chez moi avec la ferme intention de tout savoir. Mais, avant même que je ne touche à la poignée de la porte, ma petite voix intérieure me dit : «Noémie, attention!»

Je m'arrête net. Je reste quelques secondes complètement figée, puis, je l'avoue, je ne sais plus que faire. Je me demande si je devrais écouter ma petite voix intérieure ou si je devrais m'en moquer.

Je ne sais pas. Je ne sais plus. Je suis perdue.

J'attends, une minute, deux minutes, trois minutes. Je ne passerai quand même pas le reste de ma vie pétrifiée devant cette porte. Je fouille dans les poches de mon pantalon et trouve une pièce de monnaie. Je la lance dans les airs en pensant : pile, j'écoute ma petite voix intérieure ; face, je ne l'écoute pas.

La pièce de cinq sous retombe dans ma main. Je regarde. C'est pile. Donc, je dois faire attention. Ce qui veut dire que je dois agir avec discernement et intelligence. Je ne dois pas me précipiter dans la maison… alors, comment faire ? J'aimerais devenir invisible et me faufiler chez moi sans que personne me voie. Je voudrais me transformer en une petite fourmi que personne ne remarquerait... Mais tout ça, ce sont des idées irréalisables. Alors, j'essaie de penser à des choses possibles dans la vraie vie de tous les jours. Si j'avais su qu'un jour, je vivrais ce genre de situation, j'aurais installé des micros et des caméras dans toutes les pièces de la maison... mais là, il est trop tard.

Je continue de réfléchir et de réfléchir et puis tout à coup, il me vient une bonne idée. Je me recroqueville. En marchant en petite bonne femme, je m'avance, à pas de loup, vers la fenêtre du salon. Je fouille dans les poubelles et je trouve exactement ce que je cherche : un sac de papier brun tout chiffonné. Je déboulette le sac de papier. Je sais que «déboulette» n'est pas un mot du dictionnaire, mais là, je suis trop énervée pour en trouver un autre. Donc, je déboulette le sac de papier brun, je le lisse avec mes mains. Puis, avec le bout de mon index, je perce deux petits trous dedans. Je l'enfile sur ma tête. Je l'ajuste pour que mes yeux soient en face des trous. Voilà !

Avec le sac sur la tête, je me relève lentement et je regarde par la fenêtre du salon. J'aperçois mon père, ma mère et un gros monsieur. Ils discutent ensemble. Ma mère est installée sur le bout du canapé. Elle se mordille les lèvres. Mon père, de son côté, se tortille les doigts. Hum... Je repense aux pleurs de grand-maman...

Hum... Tout cela n'augure rien de bon. Je dois absolument savoir de quoi ils parlent. Mais comment faire? Comment écouter la conversation sans me faire remarquer? Je réfléchis comme je n'ai encore jamais réfléchi. C'est aujourd'hui, maintenant, que j'aimerais devenir le plus grand génie du monde entier...

Un écureuil saute sur la clôture. Il ne me vient aucune idée.

Un nuage glisse au-dessus de la maison. Il ne me vient aucune idée.

Et puis tout à coup, comme descendant du ciel dans un grand rayon de lumière, une idée absolument géniale éclaire l'intérieur de ma tête. Si je n'étais pas recroquevillée, je crierais de bonheur et d'allégresse. Mais je ne fais rien de tout cela… Je quitte le dessous de la fenêtre et je remonte en vitesse chez ma grand-mère. Elle est installée sur la chaise berçante et, la larme à l'œil, elle écoute sa musique classique. Je demande :

— Grand-maman, avez-vous confiance en moi?

Elle se retourne, m'aperçoit et lance un cri tellement aigu qu'il pourrait faire éclater les fenêtres.

— Quoi? Qu'est-ce qu'il y a, grand-maman?

J'y pense tout à coup. Je porte encore ma cagoule de papier brun sur la tête. Je m'en débarrasse, la «reboulette» et la jette dans le bac de récupération.

Je reviens vers la chaise berçante :

—Grand-maman, avez-vous confiance en moi?

—Je... euh!... oui... mais seulement lorsque tu ne portes pas de sac sur la tête!

—Très drôle! Bon! Alors, grand-maman, nous n'avons pas de temps à perdre. C'est une question de vie ou de mort. Je vous demande de ne me poser aucune question et de faire exactement ce que je vous dirai!

—Mon Dieu Seigneur...

—Ne craignez rien, je ne vous demanderai rien de dangereux...

—Mon Dieu Seigneur...

—Alors, voilà. Écoutez-moi bien. Je descends chez moi. Vous me téléphonez, en bas, dans exactement vingt secondes. Je vous parlerai un peu, puis je vous dirai au revoir. Ensuite, vous ne raccrochez pas! Vous ne raccrochez pas! Vous attendez que je remonte. Compris?

— Mon Dieu Seigneur, je crois que oui…

— Alors, répétez ce que je viens de vous demander!

— Euh! oui, j'appelle en bas dans vingt secondes, nous nous parlons un peu. Tu me dis au revoir, mais je ne raccroche pas. J'attends que tu remontes.

— Bravo, grand-maman, vous êtes un génie!

— Ouais, ouais… Mais pourquoi tout ce tralala?

— Ne vous inquiétez pas. J'ai un plan!

— Mon Dieu Seigneur…

J'embrasse grand-maman sur les deux joues:

— N'oubliez pas, vous me téléphonez, en bas, dans vingt secondes!

—Oui, oui, j'ai compris!

Je quitte l'appartement. Je descends l'escalier en courant, je saute dans la cour et je me précipite chez moi, mais juste au moment où je vais ouvrir la porte, je pense à un problème, un gros problème de logique. En vitesse, je tourne les talons et je remonte chez ma grand-mère. J'entre en criant:

—Attendez! Il y a un problème de logique!

—Quoi? Depuis quand es-tu logique, Noémie?

—Très drôle... très très drôle...

Je m'approche de la radio et CLIC! j'éteins le son.

—Pourquoi arrêtes-tu la musique, Noémie?

—Vous allez comprendre bientôt!

—Mon Dieu Seigneur, je ne comprends déjà... rien.

—Je n'ai pas le temps de tout vous expliquer. Je redescends et vous me téléphonez, en bas, dans vingt secondes. Compris?

—Compris. Je t'appelle, en bas, dans vingt secondes.

Je requitte ma grand-mère, je redescends l'escalier en courant et j'entre chez moi en coup de vent.

En me voyant arriver à l'improviste, mes parents sursautent, froncent les sourcils et demandent d'une même voix:

—Noémie, que fais-tu là? Tu n'es pas à l'école, toi?

Pour désamorcer la situation, j'emploie ma tactique favorite, répondre à une question par la même question:

—Et vous, que faites-vous
là? Vous n'êtes pas au travail,
vous?

—Non, répond mon père,
nous avons, heu!… nous avons
des choses à discuter…

En rougissant, mon père
regarde le gros monsieur, qui

regarde ma mère, qui regarde mon père. Et je sens un malaise s'installer entre nous quatre. Tout le monde avale sa salive en même temps... et moi, j'attends impatiemment que ma grand-mère me téléphone... mais il ne se passe rien... et je ne sais plus que dire... que faire... Mais qu'est-ce qu'elle fabrique, ma grand-mère? Je compte les secondes dans ma tête... trente... trente et un... trente-deux... Mon père regarde le plafond... Pour passer le temps, je fais semblant de lacer mes souliers... quarante... quarante et un... quarante-deux... Ma mère toussote. Elle se tortille au bout du canapé... Je suis complètement enragée contre grand-maman qui n'appelle pas... cinquante... cinquante et un... cinquante-deux... Je ne sais plus que faire… Je ferme les yeux et je me concentre. Je dis en dedans de moi: «Grand-maman… grand-maman… appelez-moi… appelez-moi…». Soixante-trois… soixante-quatre… soixante-cinq secondes…

Et soudain… enfin… DRING! DRING! DRING! La sonnerie du téléphone retentit. Je me précipite sur le récepteur et je réponds, comme si je ne me doutais de rien, comme si j'étais de très bonne humeur, comme si je n'étais pas complètement enragée:

— Allô? Oui! Oh, bonjour, ma belle grand-maman d'amour! Oui, vous êtes bien gentille… Je monte tout de suite! Au revoir!

Pendant que mes parents discutent de banalités en attendant que je quitte les lieux, moi, je fais semblant de raccrocher. Je dépose le récepteur sur la petite table du salon. Ensuite, d'un geste rapide et subtil, je dépose un papier mouchoir sur le récepteur afin de le camoufler. Puis je dis :

— Je vais jouer en haut, chez grand-maman !

Mes parents, très heureux que je disparaisse, me disent au revoir. Je me lance dans la cour arrière, grimpe l'escalier et me retrouve dans la cuisine de grand-maman, qui tient toujours son récepteur.

Avant même qu'elle ne pose des questions, je lui fais signe de ne pas dire un mot. Je m'empare du récepteur et j'écoute, en direct, par le téléphone, la discussion de mes parents. Hé !

Hé! Hé! Je suis un véritable génie. Je vais enfin connaître le sujet de leur conversation.

-4-

Vendre mon bonheur?

Mes parents parlent de toutes sortes de choses que je ne comprends pas, mais soudain, les cheveux me dressent sur la tête. L'oreille collée sur le récepteur, j'écoute mon père dire la phrase la plus troublante que je n'ai jamais entendue de toute ma vie. Mon père, mon propre père, l'auteur de mes jours, dit:

—Oui, mais... avant de faire une offre d'achat pour une autre maison, il faudrait être certain de pouvoir vendre celle-ci...

Et la voix du gros monsieur de répondre aussitôt:

—Bien sûr, mais comme vous êtes situés dans un quartier en pleine expansion, d'ici deux ou trois semaines, votre maison peut être vendue, je vous le garantis!

En entendant cette dernière phrase, je manque de tomber sans connaissance. Mes jambes deviennent plus molles que des élastiques qui se détendent. Mes idées s'obscurcissent. Je n'en reviens pas. Mes parents veulent vendre la maison! La maison dans laquelle j'ai grandi… la maison de mon enfance… la maison familiale… et… et… et grand-maman Lumbago, dans tout ça?

Je suis tellement troublée que je n'écoute plus la conversation… J'essaie d'imaginer ma vie dans une autre maison, dans un autre quartier… J'essaie d'imaginer ma vie dans une autre école, loin de mes amis… loin de ma grand-maman Lumbago… Mais tout cela est absolument impossible! Ma vie est parfaite, ici. **P-A-R-F-A-I-T-E!** Il ne manque rien à mon bonheur!

J'essaie, encore, d'écouter la conversation, mais je n'en peux plus. Mon cœur résonne partout jusque dans les murs, les planchers et les plafonds. Je voudrais me calmer, mais la tension monte dans mes muscles comme elle n'a jamais monté auparavant.

Je raccroche avant d'exploser.

Je me retourne vers ma grand-mère. Elle se berce, le dos voûté, la larme à l'œil. Je lui demande:

—Vous le saviez, au sujet de la maison?

Elle murmure un petit «oui». Puis elle enchaîne:

—Tes parents songent à déménager...

—Et vous, grand-maman, qu'allez-vous devenir?

—Mon Dieu Seigneur, je n'en sais rien... Aucune décision n'a été prise... Ils m'en ont glissé un mot pour savoir ce que j'en pensais et...

—Et pourquoi ils ne m'en ont pas parlé, à moi?

—Heu!... Mon Dieu Seigneur... Ils ont visité une autre maison, dans un autre quartier et, avant de t'en parler, ils voulaient savoir s'il était possible de vendre celle-ci... et si cela avait été possible, ils t'en auraient parlé... Ils ne voulaient pas t'alarmer avant de savoir si c'était réalisable.

—QUOI? Ils ne voulaient pas m'alarmer? Mais, grand-maman, franchement, soyez honnête... Est-ce que je suis le genre de fille qui s'affole, qui s'angoisse, qui s'épouvante pour rien? Est-ce que je suis le genre de fille qui grimpe dans les rideaux pour un oui ou pour un non? Franchement, grand-maman? Répondez-moi franchement!

—Oui!

—Oui, quoi?

—Oui, tu es le genre de fille qui angoisse, qui s'inquiète, qui s'affole, qui s'épouvante, qui est traumatisée... par des petits riens!

Complètement sidérée par la réponse de ma grand-mère, je me laisse tomber sur une des chaises de la cuisine. En une fraction de seconde, j'essaie de revoir en accéléré et à reculons toute les étapes de ma vie... et je ne trouve aucune situation dans laquelle j'ai exagéré, sauf... peut-être, la fois où je me suis un petit peu énervée lorsque je me suis cassé un bras en sautant d'une balançoire... Alors, je dis à grand-maman :

—Ah oui? Alors, si je m'énerve tant que ça, donnez-moi donc des exemples!

Grand-maman lève les yeux au plafond, puis répond :

—Des exemples, il y en a tellement que je ne peux même pas en choisir un, ma chère petite Noémie d'amour...

—Ah! Vous voyez, vous n'êtes même pas capable de me donner un exemple.

Ma grand-mère se redresse un peu sur sa chaise berçante. Elle inspire profondément, puis elle commence l'énumération de toutes les fois où j'ai un petit peu exagéré… et il y en a des dizaines, des centaines…

Après cinq minutes, je n'en peux plus. Je dis :

—Bon, grand-maman, je crois que vous exagérez un peu, beaucoup… Je ne suis quand même pas si terrible que ça?

Grand-maman plisse les yeux et me fait un petit signe que «oui» avec la tête. Puis elle me dit avec un large sourire :

—Et c'est pour ça que je t'aime tant, ma belle petite Noémie d'amour!

Sans vouloir exagérer, je me lance dans les bras de ma grand-maman chérie d'amour en chocolat. Les yeux fermés, nous nous berçons pendant quelques minutes…

Je deviens toute calme et toute molle dans les bras de grand-maman, mais ce petit moment de bonheur ne dure pas très longtemps. Je pense à mes parents qui pensent que je m'énerve pour rien et ça m'énerve de penser qu'ils pensent que je m'énerve pour rien. Finalement, le bonheur me quitte et je deviens tout énervée. Mon sang tourne dans mes veines plus rapidement que dans un manège. Des idées complètement farfelues apparaissent puis s'évaporent dans mon cerveau en ébullition. J'imagine, à une vitesse folle, des étrangers qui arrivent dans notre maison. Ils ouvrent les armoires, les tiroirs… Ils lancent toutes nos choses dans des boîtes. Ils lancent les boîtes dans un immense camion. Puis,

ils enferment mon père, ma mère, ma grand-mère et moi-même dans de grosses boîtes et ils nous lancent à l'intérieur du camion. Ils nous transportent ailleurs, dans un autre quartier. Ils ouvrent les boîtes de carton et moi, je me retrouve dans une autre maison en compagnie de mes parents. Mais nous ne trouvons plus la boîte de grand-maman. Elle est perdue quelque part!

En songeant à tout cela, je sursaute dans les bras de ma belle grand-maman d'amour. Surprise, elle sursaute à son tour en s'écriant: «Mon Dieu Seigneur!»

—Excusez-moi, grand-maman, je pensais à des choses... des choses graves... Ma belle grand-maman, je ne veux jamais m'éloigner de vous!

Grand-maman ne répond pas, mais je sens son cœur tressaillir. Elle m'enlace et nous restons là, toutes les deux, en dehors des mots, en dehors du monde... En dehors des problèmes de vente de maison.

Je me redresse, tout à coup, pour dire :

—De toute façon, si mes parents me parlent de déménager, ma réponse est toute prête! C'est NON! NON et NON... comme dans NON!

—Mon Dieu Seigneur... Alors, tu devrais en discuter avec eux!

—Je vais faire mieux que ça!

—Quoi?

—Grand-maman, l'heure est grave, très grave! Je connais bien mes parents... Si je les laisse faire, quelqu'un va coucher dans ma chambre. Quelqu'un

va s'installer dans votre logement! Qu'allez-vous devenir?
Qu'allons-nous devenir?

—Mon Dieu Seigneur,
Noémie, calme-toi un peu.
Dans la vie, quelquefois, il y a
des changements majeurs qui
s'imposent...

—Grand-maman, pourquoi
dites-vous ça en tremblant?

—Heu!... parce que... pour
te l'avouer franchement... je...
je suis terrifiée à l'idée de
déménager!

Je la serre très fort dans mes
bras et je lui murmure:

—Ne craignez rien, je m'oc-
cupe de tout!

—De tout, quoi? demande
grand-maman, la voix troublée.

—Ne craignez rien... Vous
ne pouvez pas imaginer tout ce
que je suis capable de faire!

—Mon Dieu Seigneur...

-5-

Le fantôme

Grand-maman n'a même pas le temps de me poser une question de plus. Je suis déjà rendue dans l'escalier. Je rentre chez moi en criant :

—Je vais jouer dans ma chambre!

Je passe devant mon père, ma mère et le gros monsieur. En faisant semblant de rien, je repose le récepteur sur le téléphone. Je m'enferme dans ma chambre, et là, en une demi-fraction de seconde et trois quarts, c'est-à-dire à une vitesse qui me surprend moi-même, je deviens une autre Noémie. Je me transforme en ouragan, en tornade, en cyclone. Complète-ment déchaînée, mais, le plus silencieusement possible, je retourne mon lit sens dessous dessus. Je vide ma garde-robe. Je fais tomber tous les livres de ma bibliothèque et je renverse mes tiroirs par terre… Tout va tellement vite que je suis en train de battre le record olympique du désordre total. Ensuite, je m'arrête devant la glace, je prends mon air le plus effrayé. Je quitte ma chambre et j'arrive dans le salon en criant à pleins poumons :

— Papa! Maman! Venez voir! Le fantôme a encore fait des ravages!

— Quoi? demande mon père.

— Quel fantôme? ajoute ma mère.

Tout énervée, je crie en regardant le vendeur de maisons :

—VENEZ VOIR CE QUE LE FANTÔME A ENCORE PROVOQUÉ DANS MA CHAMBRE!

En panique, je prends mes parents par la main et je les entraîne :

—VENEZ VOIR! VENEZ VOIR! LE FANTÔME A ENCORE FRAPPÉ!

Mes parents se précipitent dans le corridor. Puis, devant l'épouvantable désordre de ma chambre, ils s'arrêtent net, complètement estomaqués.

Je crie très fort, afin que le vendeur entende bien :

—Regardez! Avant de partir pour l'école, ce matin, ma chambre était impeccable.

—Mais que s'est-il passé? demande mon père.

—Tu le sais très bien, papa. C'EST LE FANTÔME QUI A ENCORE FAIT DES SIENNES!

—Noémie, de quel fantôme parles-tu?

—Papa, ne fais pas l'innocent!

Et là, afin de créer un effet encore plus dramatique, je me jette sur mon lit et je pleure en parlant très fort:

—C'EST LE FANTÔME DE L'ANCIEN PROPRIÉTAIRE QUI REVIENT HANTER NOTRE MAISON!

Ma mère dit:

—Noémie, calme-toi... Nous ne comprenons rien à ce charabia!

En pleurant et en tremblant sur mon lit, je jette un coup d'œil sur le côté. J'aperçois le vendeur qui apparaît dans l'ouverture de la porte. Hé, hé… J'en profite pour ajouter, en claquant des dents :

—Clac, clac, clac… Et ça, monsieur, ce n'est rien. Clac, clac, clac… Souvent, le fantôme fait tourner mon lit jusqu'au plafond ! Clac, clac, clac… Il change les meubles de place dans ma chambre. Et quelquefois, la nuit, il m'apparaît, tout rouge, tout laid, avec de grandes dents. Clac, clac, clac… C'est épouvantable !

Mes parents ne savent plus comment réagir. Mon père passe et repasse sa main dans ses cheveux en répétant :

—Voyons donc, Noémie ! Qu'est-ce que tu racontes ?

Ma mère ajoute :

—Franchement, Noémie ! Tu dérailles complètement !

Alors, pour ajouter encore plus de conviction, je marmonne en claquant des dents et en pleurnichant:

—Snif... snif... clac... clac... J'ai tellement peur du fantôme... snif... snif... clac... clac... que des fois... snif... snif... clac... clac... pour dormir... snif... snif... clac... clac... je vais me réfugier chez ma bonne grand-maman d'amour... snif... snif... clac... clac... qui habite en haut!

Le vendeur, complètement estomaqué par ma prestation, regarde sa montre:

—Heu!... bon... Excusez-moi! Je dois vous quitter! J'ai un autre rendez-vous!

Moi, je reste dans mon lit, à pleurer, à trembler et à claquer des dents. Mes parents accompagnent le gros monsieur jusqu'à la sortie. Ils discutent ensemble, à voix basse, et

puis j'entends le vendeur murmurer :

—Ne vous inquiétez pas,
comme je vous le disais tout à
l'heure, vous recevrez, demain
soir à dix-sept heures, la visite
de l'inspecteur en bâtiments. Il
se fera très discret...

Moi, la tête cachée dans mon
oreiller, je me dis :

—Hé! Hé! Il ne sait pas ce
qui l'attend, celui-là!

Aussitôt le vendeur parti, mes
parents viennent me retrouver
dans ma chambre. Ma mère, très
fâchée, me dit :

—Franchement, Noémie,
c'est quoi cette mascarade-là?

Je me retourne dans mon
lit et avec le plus beau des
sourires, je demande :

—Est-ce que j'étais convain-
cante?

Surprise par ma question, ma mère fait «oui» avec la tête. Alors, pour désamorcer la situation, je m'exclame:

—Excellent! À l'école, je participe à une pièce de théâtre et je dois jouer une scène de panique!

La mâchoire serrée, mon père répond:

—Noémie, tu ne me joues plus jamais une scène comme celle-là! Jamais!

—Et tu ranges ta chambre immédiatement! ajoute ma mère.

La mine basse, je murmure:

—Je ne le ferai plus, je le jure...

Ma mère, satisfaite par ma promesse, quitte ma chambre, suivie par mon père.

Hé, hé, hé... Je jure que je ne ferai plus jamais un numéro

comme celui-ci, mais j'ai bien d'autres tours dans mon sac... Vous allez voir ce que vous allez voir!

-6-
Au téléphone

Après avoir fait le grand ménage de ma chambre, je monte en vitesse chez grand-maman. Elle est toujours assise sur sa chaise berçante et... et elle ne se berce même pas.

—Comment allez-vous, grand-maman?

—Mon Dieu Seigneur... pas très bien.

—Moi non plus, je ne vais pas très bien!

Je m'installe sur les genoux de grand-maman et nous nous berçons ensemble, sans rien dire. Seuls les berceaux de la chaise font GNIK, GNIK sur le plancher. Je pense à mes parents, à la vente de la maison, et aussi, à la dernière phrase du gros monsieur. Je dis à grand-maman :

—J'ai une devinette pour vous.

—Ah oui?

—Un inspecteur en bâtiments, qu'est-ce que ça fait dans la vie?

Surprise par ma question, grand-maman cesse de nous bercer. Elle se gratte le front et finit par répondre :

—Je ne suis pas certaine, mais il me semble qu'un inspecteur en bâtiments, c'est quelqu'un dont le métier est d'inspecter les bâtiments…

Pour faire une bonne blague, je réponds :

—Ah! Moi, je croyais qu'un inspecteur en bâtiments c'était

quelqu'un qui inspectait les bâtiments…

Hi, hi, hi, et ha, ha, ha. Grand-maman et moi, nous rions de bon cœur. Ça fait du bien, mais ça ne règle pas mon problème.

Pour en avoir le cœur net, je quitte la chaise berçante et je vérifie dans le dictionnaire. Je trouve inspecteur. Je trouve bâtiment, mais je ne trouve pas inspecteur en bâtiments. Alors, comme d'habitude, lorsque je veux comprendre quelque chose pour vrai, dans la vraie vie, je consulte le gros bottin téléphonique. Après quelques recherches… inspecteurs de piscine… inspecteur de fournaise… je tombe sur la rubrique «Inspecteurs en bâtiments». Il y en a deux pages pleines. Je ferme les yeux pour déposer mon doigt au hasard sur une petite annonce. Je regarde le numéro de téléphone et, devant ma grand-mère éberluée, je compose le numéro. DRING une fois... DRING deux fois... Une belle voix grave me répond :

— Bonjour, ici les évaluations A.B.C.

— Bonjour, monsieur, je m'appelle Noémie et... euh!... à l'école, euh!... je fais une recherche sur les inspecteurs en bâtiments...

— Oui, oui, répète la voix au téléphone.

— Alors voici, monsieur, pourriez-vous brièvement me faire un résumé de votre métier.

— Oui, oui, avec plaisir! Notre métier consiste à faire l'inspection d'un bâtiment, de la cave au grenier. Nous vérifions si les fondations sont solides, si la plomberie est à point, si le système électrique est conforme aux normes gouvernementales…

Je ne comprends rien à ce charabia, mais je dis quand même :

— C'est tout? C'est juste ça?

— Euh!… nous vérifions aussi les poutres qui soutiennent les planchers…

— C'est tout?

— Nous vérifions pour savoir s'il y a de la vermine…

— Ah oui, de la vermine?

— Oui… euh!… de la vermine… Et nous faisons aussi une estimation du prix de la maison en fonction du terrain et de la localisation et…

Bon, j'ai assez d'informations.

—Merci beaucoup, monsieur, vous venez de changer le cours de ma vie!

Il me répond, surpris:

—Ah oui? Je…

Je raccroche. Je pense à tout ce que l'inspecteur vient de me dire. Pour être bien certaine d'avoir compris, je demande à grand-maman:

—De la vermine, c'est quoi au juste?

—Des souris, des rats… des animaux indésirables, pourquoi?

—Pour rien, pour rien…

Et là, il me vient l'idée la plus incongrue de toute ma vie. C'est la meilleure idée du siècle. La meilleure idée du millénaire. La meilleure idée de tous les temps… Mais je ne veux pas en parler à grand-maman, elle ne sera pas d'accord, parce que… disons… que c'est une idée… trop… trop… trop…

-7-

Cling, cling, cling!

Pendant que je pense à mon idée trop… trop, trop saugrenue, grand-maman me sort de mes rêveries.

—Noémie, qu'est-ce que tu as?

—Rien, je pensais… je pensais que vous aviez besoin de faire une petite promenade pour vous changer les idées.

—En effet, cela me ferait le plus grand bien… Allons faire un tour au parc.

Mais je ne veux pas aller au parc, moi. Alors, je réfléchis vite :

—Non, grand-maman, pas au parc. Les balançoires grincent, les glissoires sont pleines de sable et la fontaine lance de l'eau partout!

—Bon, répond grand-maman. Allons faire une promenade du côté de ton école!

—Non! À l'école, j'y vais presque tous les jours!

—Mon Dieu Seigneur, Noémie, où veux-tu aller?

—J'aimerais me promener sur la rue principale...

—Noémie, ne me raconte pas d'histoires. Où veux-tu **vraiment** aller?

—Mais nulle part, grand-maman, je veux juste marcher avec vous!

—D'accord... Alors je n'emporterai pas d'argent avec moi!

Oups, ma tactique ne fonctionne pas... Je réfléchis à la vitesse de l'éclair, puis je dis :

— Bon d'accord, voici... j'aimerais que nous allions toutes les deux manger une crème glacée...

Grand-maman, qui semble lire dans mes pensées, ajoute :

— Excellent, je n'emporterai que l'argent nécessaire pour deux crèmes glacées !

Je n'en reviens pas. Ma grand-mère, fatiguée, déprimée par l'idée de déménager, est quand même capable de déjouer mes plans. Je n'ai pas d'autre choix que de lui répondre :

— Heu !, d'accord... Préparez-vous ! Je descends chez moi pour changer de pantalon et je vous attends, en bas, sur le trottoir !

Je me précipite chez moi. J'entre dans ma chambre. Je fouille au fond du tiroir dans lequel j'ai entassé mes pantalons. Je choisis le plus laid parce que c'est celui qui possède les poches les plus grandes. Je l'enfile et me regarde dans la glace. Le pantalon est vraiment affreux, et pas à la mode, et tout fripé. Je vide toutes les pièces de monnaie de mon petit cochon rose dans les immenses poches. Elles deviennent tellement bourrées et tellement lourdes que je dois retenir mon pantalon pour ne pas qu'il tombe. Et je ne peux même pas porter de ceinture, il y a un gros élastique à la taille.

En tenant mon pantalon à deux mains, je quitte la maison, et en marchant comme un canard, je vais rejoindre

grand-maman qui m'attend devant l'escalier. À chacun de mes pas, j'entends les pièces de monnaie se frotter les unes contre les autres. CLING… CLING… CLING… Cela me rappelle quelque chose[1].

En me voyant ainsi affublée, ma grand-mère éclate de rire:

—Ha! Ha! Ha! Noémie, tu ressembles à une grenouille avec tes grosses cuisses! Qu'est-ce que tu caches là-dedans?

—Rien… c'est juste que… que… que mon petit cochon rose est tombé par terre… les pièces de monnaie ont roulé partout dans ma chambre… et je les ai ramassées… heu!…

—Et tu vas te promener comme ça, en tenant ton pan-

---

1. Voir Noémie 1, *Le Secret de Madame Lumbago*.

talon à deux mains pour ne pas qu'il tombe?

—Heu!... oui... Ça ne me dérange pas!

—Bon! Si ça ne te dérange pas, allons-y, répond grand-maman.

En marchant sur le trottoir, CLING... CLINGG... CLINGGG... les pièces de monnaie font tellement de bruit que je commence à craindre les voleurs... Je me blottis contre ma grand-mère, qui accélère le pas:

—Allez! Noémie! Tu marches comme une tortue!

Ma grand-mère, des fois, on dirait qu'elle fait exprès pour ne rien comprendre. J'essaie de marcher plus rapidement, mais... mon pantalon est tellement lourd que j'ai de la difficulté à le tenir sur ma taille. J'ai mal aux mains. J'ai chaud.

Nous arrivons, enfin, à la rue principale.

Nous nous arrêtons, de temps à autre, devant des vitrines qui ne m'intéressent pas. On dirait que mon pantalon devient de plus en plus lourd à chaque seconde. Nous marchons encore un peu. Des gouttes de sueur coulent dans mon dos. J'ai maintenant des crampes dans les doigts, dans les mains, dans les bras et dans les épaules. Je vais craquer dans cinq, quatre, trois, deux, une seconde… Et puis, tout à coup, juste au moment où mes doigts vont lâcher l'élastique, j'aperçois la vitrine de l'animalerie, un peu plus loin.

J'accélère le pas… CLING CLING CLING… Et puis soudain,

SCROUCH! J'entends le fond de mes poches qui se déchirent.

—AU SECOURS! À MOI! À L'AIDE!

Des dizaines, des centaines de pièces de monnaie quittent mes poches, glissent le long de mes jambes, sortent du bas de mon pantalon et commencent à rouler dans tous les sens.

Pendant que ma grand-maman lève les bras au ciel en criant «Mon Dieu Seigneur», moi, à quatre pattes, j'essaie de rattraper les pièces qui roulent entre les jambes des passants. Je crie:

—ATTENTION! ATTEN-TION!

Tout le monde sursaute sur le trottoir. On s'écarte, on recule, on fait un détour. Deux gentilles dames se penchent et commencent à m'aider. Grand-maman s'accroupit à son tour. Nous sommes quatre personnes, à quatre pattes sur le trottoir.

Je me précipite dans l'animalerie. Je dis au caissier:

—Vite! Vite! J'ai besoin de quelque chose pour transporter tout l'argent que je vais dépenser ici!

Le caissier disparaît sous le comptoir et réapparaît avec un gros sac de papier brun à la main.

—Merci! Je reviens tout de suite!

En vitesse, je vais rejoindre grand-maman et les deux dames, qui ont déjà les mains pleines. Elles déposent toutes les pièces dans mon sac.

Je remercie mes complices, puis, suivie par ma grand-mère qui ne comprend plus rien, je me précipite dans l'animalerie.

Je dépose le sac sur le comptoir et je demande au caissier:

—Avec tout cet argent, pouvez-vous me dire quelle quantité de souris, de rats et d'animaux indésirables je peux m'acheter?

-8-

La plus grande frustration de ma vie

Le caissier, croyant faire une bonne vente, ouvre le sac de papier, en verse le contenu sur le comptoir et commence à compter les pièces de monnaie à une vitesse supersonique. Pendant que les doigts de sa main gauche lancent des pièces de monnaie dans sa main droite, sa bouche ne cesse de marmonner :

—Dix... vingt... cinquante... un dollar... deux dollars... trois dollars... quatre dollars...

Après quelques minutes, devant les clients éberlués,

il relève la tête et dit solennelle-ment:

— Quarante-deux dollars et vingt sous!

Il sort sa calculatrice de sous le comptoir, fait danser ses doigts sur les petits boutons, puis annonce:

— Cela peut faire quatre rats, trois souris, une couleuvre et un gros sac de grillons!

Devant autant de rapidité, grand-maman et moi sommes pétrifiées. Mais nous ne sommes pas pétrifiées pour la même raison. Moi, je le suis par l'achat que je peux faire. De son côté, grand-maman est pétrifiée parce qu'elle vient de comprendre le pourquoi et le comment de toute ma mise en scène. Comme nous ne réagissons pas, le caissier se reprécipite sur sa calculatrice et dit:

—Ou bien, tu peux acheter six rats, une souris et un petit sac de grillons.

Derrière moi, grand-maman tranche :

—Noémie, il n'est pas question que ces bestioles rentrent chez moi et je suis certaine que tes parents ne voudront jamais !

—Mais grand-maman, c'est pour, c'est pour…

Pour ne pas que les autres clients écoutent notre conversation, je demande à ma grand-mère de s'approcher. Je lui murmure à l'oreille :

—C'est pour effrayer l'inspecteur, qui viendra demain à dix-sept heures précises !

—Mon Dieu Seigneur, Noémie, je ne serai jamais complice d'un tel coup monté !

Je ne suis plus capable de murmurer. La pression monte dans mes veines. Je crie :

— Voyons, grand-maman, c'est la seule façon d'éviter un déménagement!

— Il y a sûrement d'autres moyens!

— Ah oui? Lesquels?

— Mon Dieu Seigneur, je ne sais pas... Nous pouvons discuter, négocier, tenter d'influencer...

— Non! Je connais mes parents... ils... Ils sont comme moi... Quand ils ont une idée dans la tête, il est impossible de les faire changer d'avis!

— Mon Dieu Seigneur, ça c'est vrai, murmure grand-maman, l'air complètement découragé.

J'ajoute, en croyant avoir trouvé un bon argument :

—De toute façon, je ne peux pas revenir à la maison avec toutes ces pièces de monnaie, mes poches sont percées.

—Ça, ce n'est pas un problème!

—Mais grand-maman, vous n'êtes pas assez forte pour m'aider!

À ma grande surprise, grand-maman s'avance vers le caissier et lui demande avec de la guimauve dans la voix :

—Monsieur, auriez-vous la gentillesse et la délicatesse de nous échanger toutes ces pièces de monnaie contre de l'argent en papier?

Le caissier, un peu surpris, fouille dans le tiroir-caisse et remet des billets de banque à grand-maman. Elle me les refile, puis elle tourne les talons et trottine vers la sortie. Mon plan «A» vient d'échouer sur toute la ligne, et je n'ai malheureusement pas de plan «B».

C'est le pire moment de ma vie. En bougonnant, j'accompagne grand-maman à la crèmerie. Je suis tellement frustrée que je ne mange rien, mon estomac est noué en deux, en trois, en quatre, en cinq et jusqu'à l'infini...

Je ne mange pas, mais je réfléchis en silence. Lorsque grand-maman termine sa première boule de crème glacée, il me vient une première idée géniale. Lorsque qu'elle termine sa deuxième boule de crème glacée, il me vient une deuxième idée géniale et lorsqu'elle termine sa troisième boule, moi, je ne tiens plus en place. Je veux rentrer à la maison le plus vite possible, car je n'ai pas une seconde à perdre. Il commence à me trotter dans la tête un plan «B», un plan «C» et même un plan «D».

Sur le chemin du retour, je réfléchis à mes plans. Grand-maman ne cesse de me déranger dans mes pensées:

—Mon Dieu Seigneur, Noémie, est-ce qu'un chat a mangé ta langue?

—NON! Je ne parle pas... parce que je réfléchis... ééénooorméééément!

—Attention! Je vois sortir de la fumée par tes oreilles!

C'est plus fort que moi, je dis:

—Grand-maman, mais vous ne comprenez rien ou quoi? Ce n'est pas le temps de faire des blagues! Mes parents veulent vendre notre maison. Ils veulent vendre notre bonheur!

Grand-maman fronce les sourcils. Nous accélérons le pas et nous nous arrêtons toutes les deux, de l'autre côté de la rue, devant notre belle vieille maison. Ma grand-mère ne dit rien, mais, comme moi, je suis certaine qu'elle pense que ce vieux duplex, un peu délabré par les années, est le plus beau du monde. Nous ne l'échangerions pas, même pour un château en Espagne.

-9-

Les plans
de B jusqu'à Z

Après avoir admiré notre bonne vieille maison, nous traversons la rue et nous montons le grand escalier qui mène au bonheur. Nous nous engouffrons dans la cuisine. Pendant que ma grand-maman d'amour prépare la meilleure lasagne du monde, moi, je sors mes cahiers et je commence à élaborer mes nouveaux plans.

Tout en haut d'une feuille, j'écris :

Le plan «A» a échoué sur toute la ligne.

Plan B: Arracher la pancarte sur laquelle il sera écrit «Maison à vendre».

Plan C: Pour éloigner les acheteurs de maison, poser une pancarte sur laquelle il est écrit: ATTENTION! Gros chien méchant.

Plan D: Vendre tous mes dessins, beaucoup de limonade et faire une vente-débarras pour racheter la maison à mes parents.

Plan E: Cadenasser toutes les portes pour que personne ne puisse visiter la maison.

Plan F: Déposer des pelures de banane sur le seuil de la porte pour que les visiteurs glissent et ne puissent pas entrer dans la maison.

Pendant que je mange, je continue d'imaginer des tactiques pour que mon bonheur ne soit pas vendu... Je pourrais creuser un fossé autour de la maison et remplir ce fossé de spaghettis... Je pourrais tartiner les escaliers de glaçage au chocolat... Du haut du balcon, je pourrais lancer de l'eau de vaisselle sur tous ceux qui veulent entrer dans la maison. Je pourrais demander à un magicien de faire disparaître les éventuels acheteurs...

Après le souper, je fais mes devoirs en songeant à d'autres solutions, dont voici la dernière, mon plan «Y»: demander de l'aide aux extraterrestres et même aux intraterrestres...

Malgré tous mes plans, je l'avoue franchement, je suis complètement découragée. Je ne suis pas folle. Je sais bien que tous ces projets sont irréalisables.

Je cesse d'écrire. Grand-maman passe et repasse devant moi, je ne bouge pas. Je fixe le plafond à la recherche de l'idée géniale et, comme par enchantement, après seulement trois secondes de réflexion intense, je me dis que la meilleure idée du monde, je l'ai déjà trouvée, sauf que je l'ai mal exploitée... très mal exploitée. Je dois revenir à la case départ, comme on dit dans les films. La première idée est toujours la meilleure. Et ma première idée, c'est-à-dire mon plan «A» mal exploité, devient ma dernière idée, mon plan «Z», qui lui, sera bien exécuté... Cela semble un peu compliqué parce que je suis très énervée, mais je suis survoltée à l'idée de «zèder». Le verbe zèder, qui n'est pas dans le dictionnaire, veut dire : exécuter mon plan «Z».

Alors, en songeant à mon plan «Z», je me lève d'un coup sec :

—Grand-maman, merci pour le bon souper, je dois retourner en bas, chez moi, car je veux zèder toute la soirée !

—Tu veux quoi ?

—Je veux zèder... euh !, j'ai quelques petites choses à faire...

—Mon Dieu Seigneur ! Quel genre de petites choses ?

—Rien, juste des petites choses de ma vie personnelle.

Avant qu'elle ne me pose d'autres questions, j'embrasse grand-maman. Elle me regarde et me dit, le sourire aux lèvres :

—Mon Dieu Seigneur, Noémie, tu as l'air aussi sérieuse qu'un pape!

Je ne réponds pas. Je quitte le logement en étant aussi sérieuse que quelqu'un qui s'en va zèder, quelqu'un qui s'en va exécuter, à la lettre, le plan «Z». Et le plan «Z», on ne rigole pas avec ça. C'est du sérieux. Du solide. De la tactique à l'extrême.

Rien au monde ne pourra m'arrêter!

Aussitôt rendue à la maison, je vérifie la position stratégique de mes parents. Ils sont absorbés devant le téléviseur et ils ne bronchent pas. Excellent! Je me lance sur le téléphone. J'appelle mes amis, les amis de mes amis ainsi que les amis des amis de mes amis, ce qui fait beaucoup, beaucoup, beaucoup de monde.

-10-
Le plan « Z »

Pendant toute la journée, à l'école, je complote avec mes amis, les amis de mes amis et les amis des amis de mes amis. Tout le monde est excité, tout le monde veut participer à mon plan « Z ». Tout le monde veut zèder! Il y a de la fébrilité dans l'air. Nous nous rencontrons pendant les récréations et pendant l'heure du lunch.

À quinze heures trente minutes exactement, la cloche annonce la fin des cours. L'inspecteur en bâtiments doit venir à la maison vers dix-sept

heures. Il ne nous reste donc
qu'une heure trente pour sauver
mon bonheur. Alors, partout,
dans toutes les classes, mes
amis, les amis de mes amis et
les amis des amis de mes amis
se précipitent chacun de leur
côté selon un plan très précis.
Certains s'en vont dans leurs
maisons, d'autres vont dans des

terrains vagues, d'autres encore vont fouiller sous des balcons, dans des hangars et même dans de vieux sous-sols de maisons désaffectées...

Au pas de course, je retourne chez moi afin de préparer les effectifs... Je suis seule dans la maison. Mes parents ne sont pas encore arrivés. J'attends une vingtaine de minutes en regardant distraitement la télévision et soudainement DING! DONG! DING! DONG! DING! DONG! la sonnette de la porte avant retentit. Un à la suite de l'autre, mes amis, les amis de mes amis et les amis des amis de mes amis arrivent tout excités en tenant des boîtes de carton et des contenants de toutes sortes. À l'intérieur, ça gigote, ça se tortille, ça fait coin! coin! et ça fait d'autres bruits que je

ne reconnais pas. En me remet-
tant un sac, Mathilde me dit:

—Tiens, je te donne mon
hamster. Finalement, je le trouve
trop ennuyeux. Il ne bouge pas
de la journée!

—Moi, je me débarrasse de
mes souris blanches, elles me
réveillent la nuit, soupire Julie.

—Moi, je ne veux plus de
mes rats, ils se battent tout le
temps, lance le grand Stéphane.

Mon ami Julien ajoute:

—Je n'ai trouvé que deux
couleuvres, mais c'est mieux
que rien!

—Et moi, j'ai attrapé quatre
grenouilles et trois crapauds,
ajoute fièrement Alexandre.

—Et moi ceci... et moi
cela... et moi aussi... et tralala...

Tout le monde se met
à papoter et à jacasser. En

jubilant, j'ouvre la porte qui mène au sous-sol, puis, un à un, je libère les animaux de leur boîte, de leur pot, de leur sac, de leur caisse, de leur valise et même de leur tirelire. En vitesse, ils bondissent, sautent, rampent en bas de l'escalier et commencent à se disperser dans la pénombre.

À seize heures cinquante minutes, lorsque tous les contenants ont été vidés, je referme la porte du sous-sol. Je remercie mes amis, qui repartent aussitôt. Ensuite, je verrouille la porte avant et, en suivant mon plan « Z » à la lettre, je m'en vais tranquillement dans ma chambre. Je m'installe devant mon pupitre, ouvre mes cahiers et comme une véritable petite fille modèle, je commence mes devoirs. Je réussis à faire semblant de rien pendant une minute, deux minutes, trois minutes, puis, pour rendre l'atmosphère encore plus «normale», je décide d'allumer la radio dans le salon. Fantastique! Une belle musique douce et calme emplit l'espace de sons mélodieux.

Mine de rien, comme une gentille petite fille modèle, je continue tranquillement à faire mes devoirs et à étudier mes leçons. Tout à coup, j'entends une clé tourner dans la serrure de la porte. Mes parents reviennent du travail. Ils entrent dans la maison. Ils m'embrassent. Ils m'offrent une collation que je refuse parce que, voyez-vous, je suis une fille très sage et très responsable, qui pense à son avenir et qui doit donner la priorité à ses études.

À dix-sept heures précises, DING! DONG! La sonnerie retentit dans toute la maison. J'entends ma mère dire:

— Ah, ce doit être un représentant, qui vient faire un estimé pour repeindre la maison…

Moi, je ne suis pas dupe, je sais très bien que c'est l'inspecteur en bâtiments qui arrive.

Ma mère ouvre la porte. Elle dit:

— Bonjour, monsieur. Entrez donc!

— Merci, je vais commencer par inspect… je vais commencer par regarder le sous-sol.

— Pas de problèmes, répond ma mère.

Moi, cramponnée à mon stylo, je me prépare au pire et, hé, hé, hé… c'est encore mieux que le pire qui arrive!

-11-
Panique totale

J'entends la poignée de la porte du sous-sol qui tourne sur elle-même. J'écoute les pentures qui grincent en s'ouvrant. Et puis, comme dans les films d'horreur, ma mère hurle à tue-tête :

— HIIIIIIIIIIIIIIIIIIIII !

Je laisse tomber mon stylo, quitte ma chambre et me lance dans le corridor. J'aperçois ma mère, grimpée dans les bras de l'inspecteur. À ses pieds, des souris, des rats, des hamsters, des cochons d'Inde, des musa-raignes, des taupes se faufilent en tous sens.

Mon père accourt de la cuisine. En voyant tous ces animaux indésirables sortir du sous-sol, il s'écrie lui aussi :

— HIIIIIIIIIIIIIIIIIIIII !

Alors, pour qu'on ne se doute de rien, moi, je ferme la porte de ma chambre pour ne pas qu'elle soit envahie par toutes ces bestioles, puis je me lance dans les bras de mon père en criant à mon tour, mais encore plus fort :

— HHHHHHIIIIIIIIIIIIIIIIII !

Comme si j'étais complètement terrifiée, je demande en hurlant :

— Qu'est-ce que c'est ? Qu'est-ce qui se passe ?

Mes parents, subjugués par la situation, ne répondent rien. Ils ne savent plus où donner de la tête, où donner du pied, ou donner de quoi que ce soit. C'est la panique générale. L'inspecteur dépose ma mère sur le plancher. Mais en apercevant un petit lézard, elle se met à sautiller sur place en poussant des cris aigus qui nous glacent les veines puis, les cheveux dressés sur la tête, elle se relance dans les bras de l'inspecteur, qui la redépose par terre et ainsi de suite une bonne douzaine de fois. La treizième fois, ma pauvre mère aperçoit un beau rat tout blanc, alors, comme si elle était propulsée par un ressort invisible, elle quitte l'inspecteur et fait un vol plané jusque dans les bras de mon père qui, me tenant déjà d'une main, bascule sur le côté et tombe à la renverse. BADABANG! Nous nous retrouvons tous les trois sur le plancher! Pendant que nous essayons de nous relever, des ratons laveurs et des marmottes courent et bondissent en tous sens. Je sens leurs petites pattes dans mon dos, dans mon cou et un peu partout. C'est la catastrophe! C'est l'hystérie. C'est la panique! C'est le bonheur à l'état pur!

Mon père finit par se relever. En titubant, il ouvre toutes grandes les portes d'en avant et d'en arrière. Mais, alors que tout allait si bien, grand-maman arrive en trottinant:

— Mon Dieu Seigneur! Que se passe-t-il ici?

Ma mère se relève en essayant de se débarrasser d'une salamandre qui s'est introduite dans son chemisier. En se tortillant, elle répond:

— Je ne sais pas! Nous sommes envahis par des...

Mais elle n'a pas le temps de terminer sa phrase. Un gros lapin quitte le sous-sol et bondit entre ses jambes. Ma mère s'écrie encore:

— HHIIIIIIIII! HHIIIIIIIII! Et encore HHHHIIIIII!

L'inspecteur, abasourdi, ne sait plus que faire. Grand-maman se fige sur place. Mon père se lance dans la cuisine, revient avec un balai et tente de faire sortir les bêtes. Ma mère fait la même chose, mais avec une chaise, comme un dompteur de lions... Ça court et ça rampe et ça se tortille vers les sorties. Et, pendant que tout le monde s'agite et s'énerve, je sens les yeux de grand-maman qui se posent lentement sur moi... les yeux de grand-maman qui me disent, en silence, que je n'ai vraiment, mais vraiment pas d'allure et qui me demandent, en même temps, comment j'ai pu organiser une aussi belle panique.

Pour ne pas avoir à soutenir le regard de grand-maman, j'aide mes parents à faire sortir les bêtes de la maison.

Une dernière petite couleuvre se faufile par la porte arrière, et tout à coup, enfin, le calme revient. Plus personne ne bouge. Chacun reprend ses esprits. L'inspecteur dit, sur un ton très professionnel :

—Bon, je descends pour... pour inspect... pour voir le sous-sol.

Mais aussitôt, coin! coin! coin! une demi-douzaine de canetons quittent l'escalier, et sautent sur le plancher du corridor. Grand-maman se plaque contre le mur pour laisser sortir les canards, puis elle me prend par la main et m'entraîne à l'extérieur en disant :

—Je vais faire une commission avec Noémie!

Rendue sur le trottoir, grand-maman se retourne et me fixe

encore une fois. Moi, troublée par toutes les émotions que je viens de vivre, et ne pouvant soutenir son regard plein de reproches, j'éclate en sanglots.

Snif... En pleurant, snif... snif... je pense à la vente de la maison, snif... snif... snif... à un déménagement, snif... snif... snif... snif... et à un nouveau quartier sans amis, snif... snif... snif... snif... snif...

-12-
La bonne mauvaise nouvelle

Je crois bien que je passe plus d'une demi-heure sur le trottoir, à pleurnicher dans les bras de ma grand-mère. J'entends, soudainement, la porte de la maison s'ouvrir. Je vois l'inspecteur sortir et derrière lui, j'aperçois mes parents. Ils ont l'air aussi ravagés que s'ils venaient d'apprendre la plus mauvaise nouvelle de leur vie.

L'inspecteur s'approche. En tremblant, je lui demande :

— Et puis, monsieur… Comment est la maison ?

Sans le savoir, il me donne une réponse qui m'emplit de

joie et d'allégresse, une réponse qui me donne le goût de
chanter des louanges au ciel. Il
dit:

— La maison? Elle est mal en
point!

Il ne me donne aucune autre
explication, sûrement parce
qu'il croit que je suis une fille
qui n'est pas très renseignée. Je
quitte les bras de grand-maman
et je poursuis l'inspecteur
jusqu'à son automobile en le
mitraillant de questions:

— Comment sont les fonda-
tions?

— Elles sont pleines de fissures…

— Et comment est la tuyau-
terie?

— Elle est à refaire au grand
complet…

— Et comment est le système
électrique?

—Il ne répond pas aux nou-
velles normes gouvernementales…

—Et comment sont les
poutres?

—Elles sont fatiguées…

Il ajoute, pour couper court à
l'interrogatoire:

—La toiture est à refaire, les
balcons sont dangereux et les
murs mitoyens sont craqués!

Je demande, perplexe:

—Donc, si je comprends
bien, cette maison n'est pas une
très bonne maison… à vendre!

En fronçant les sourcils et en
faisant la grimace, il répond:

—C'est une bonne maison à
rénover… mais ce n'est pas une
très bonne maison… à vendre!

Moi, je suis tellement heureuse de cette réponse négative
que je saute dans les bras de
l'inspecteur. Je l'embrasse sur le

front, sur les joues et même sur le bout du nez en répétant:

—Je vous aime! Je vous aime! Je vous aime!

Puis, devant l'inspecteur qui n'en revient pas, je me laisse tomber sur le trottoir. Je tourne les talons et je cours vers ma grand-mère, qui m'attend tout près de l'escalier.

—Grand-maman! Grand-maman! J'ai une excellente mauvaise nouvelle à vous annoncer. La maison n'est pas une bonne maison à vendre! Personne ne voudra l'acheter!

En entendant la bonne nouvelle, grand-maman saute de joie et oublie de me réprimander au sujet de tous les animaux que… que… que finalement, j'ai fait entrer pour rien dans le sous-sol.

Ma grand-mère et moi, nous dansons de joie sur le trottoir. Puis, une fois notre allégresse passée, nous décidons, d'un commun accord, de faire une petite visite à mes parents, afin de leur remonter le moral.

En essayant de cacher notre joie, notre jubilation, notre exultation, notre ravissement, notre exaltation et tous les autres synonymes, grand-maman et moi, nous entrons chez moi et, curieusement, nous n'entendons aucun bruit. Je demande :

— Papa ? Maman ? Êtes-vous là ?

Aucune réponse.

Grand-maman et moi, nous traversons le corridor et nous nous arrêtons net à l'entrée du salon. Mes parents sont assis l'un devant l'autre. En fait, pour être plus précise, ils ne sont pas assis, ils sont complètement

affalés sur les canapés. On dirait des personnages de caoutchouc qui n'ont plus de squelette à l'intérieur de leur corps.

Mine de rien, en retenant un irrépressible sourire, je demande:

— Qu'est-ce qui se passe, ici?

— Rien! Il ne se passe rien, répond mon père.

Et ma mère de marmonner:

— Nous avons fait inspecter la maison afin de savoir si nous pouvions la vendre, mais il y a tellement de travaux à faire que personne ne voudra l'acheter.

Alors là, pour être tout à fait logique avec moi-même et pour faire comme si je n'étais pas au courant de la situation, je sur-saute en demandant:

— Quoi? Vous vouliez vendre la maison sans même me consulter?

Affalée sur le canapé, ma mère répond :

— Avant de te consulter, nous voulions savoir s'il était possible de la vendre. Nous ne voulions pas t'énerver pour rien...

— Mais je ne m'énerve jamais pour rien ! Je m'énerve toujours pour quelque chose de grave ! Et puis, vous saurez que, dans la vie, il vaut mieux s'énerver que...

Mon père, très impatient et très contrarié, me coupe la parole :

—Noémie, Noémie, Noémie! Nous n'avons même pas besoin d'en discuter…

—Et pourquoi vouliez-vous vendre la maison?

—Pour avoir plus d'espace, une plus grande cour, répond ma mère.

—Pour me faire un bureau dans le sous-sol et avoir un grand garage, ajoute mon père.

—Mais nous ne déménagerons pas, murmurent mes parents, la voix remplie de tristesse.

Ma pauvre maman se redresse soudainement sur le canapé, me regarde droit dans les yeux et demande :

—J'aimerais quand même savoir comment toutes ces bestioles sont entrées dans la maison?

Moi, je suis tellement de bonne humeur que mon cerveau fonctionne à plein régime comme une centrale nucléaire. Mes neurones roulent à une vitesse supersonique. Je réponds :

—Dehors, le monsieur m'a dit qu'il y avait beaucoup de fissures et de trous dans les fondations!

—Des trous assez gros pour laisser entrer des canards, des lapins, des marmottes et des ratons-laveurs? demande ma mère.

Et moi, en me mordant l'intérieur des lèvres pour ne pas rigoler, je réponds :

—Ah ça, je l'ignore ! Le monsieur ne m'a pas parlé de la grosseur des trous !

Et là, pour être gentille et pour encourager mes parents, je sors tout l'argent contenu dans mes poches :

—Voilà, si ça peut vous encourager à faire des travaux de rénovation, je vous donne les quarante-deux dollars et vingt sous que j'ai économisés !

—Non, ça va aller, Noémie… Nous avons les moyens de faire des rénovations, répond mon père.

Alors, pour l'encourager à rénover, je suggère :

—Afin de rendre la maison plus jolie, on pourrait peinturer les balcons, y suspendre des

boîtes à fleurs, poser des per-
siennes aux fenêtres…

Comprenant qu'il me reste
une foule de suggestions à
faire, grand-maman lance :—
Bon! Les amis, c'est l'heure du
souper! Il me reste un beau gros
morceau de lasagne!

—Je suis trop fatiguée pour
manger, répond ma mère.

—Je n'ai pas faim, soupire
mon père.

—Moi, je veux bien manger
avec vous, grand-maman. J'ai
une faim plus grosse que… que
la maison!

-13-
J'ai un beau château

Avant de quitter mes parents, je demande :

—Est-ce que je peux coucher chez grand-maman, ce soir?

Ils ne répondent pas, ce qui veut dire : oui, tu peux coucher chez ta grand-mère, ce soir.

Ils ont l'air tellement déprimé, que je ne peux m'empêcher de dire :

—Vous savez, ce n'est pas grave de ne pas déménager. Même si la maison est un peu croche et même s'il y a quelques fissures dans le sous-sol, l'important, au fond, c'est que nous soyons heureux, ici, tous ensemble!

Et puis, on dirait que, portée par le bonheur de ne pas déménager, il me vient cette réplique digne d'un grand écrivain:

—Je suis quand même bien heureuse de rester ici, dans cette maison qui m'a vue grandir et dont les murs ont été témoins de mes joies et de mes peines. Ah! Si les planchers et les plafonds pouvaient raconter tous les secrets de nos vies, quelle série de merveilleux livres nous pourrions écrire!

Et blablabla, et re-blablabla. Je suis tellement heureuse que les mots sortent de ma bouche comme des bonbons fleuris, comme des oiseaux angéliques, comme des bouquets parfumés, comme…

Pendant que je continue de discourir, grand-maman m'entraîne vers la sortie.

—Viens-t'en, Noémie. J'ai faim!

Rendues sur le trottoir, je demande:

—Mais, grand-maman, pourquoi m'avez-vous empêchée d'exprimer tout mon bonheur?

—Parce que si tu continuais comme ça, tes parents se seraient douté de quelque chose...

Grand-maman n'a pas le temps de poursuivre. J'entends la voix de ma voisine demander:

—Excusez-moi, mais avez-vous remarqué tous ces animaux, qui couraient partout?

—Quels animaux? demandons-nous en nous mordant les lèvres pour ne pas rigoler.

Et la voisine de répondre :

—J'ai vu des lapins, des canards, des ratons laveurs, des souris courir dans tous les sens... Moi, j'ai récupéré un beau petit chat, la deuxième voisine a trouvé un joli cochon d'Inde sur son perron, la troisième a déjà adopté un beau petit lapin, la quatrième...

La voisine arrête soudainement de parler. Elle nous regarde avec stupéfaction et nous demande :

—Mais qu'avez-vous à sourire de la sorte ?

Grand-maman et moi, nous répondons en chœur :

—Rien ! C'est le plus beau jour de notre vie !

—Avez-vous gagné à la loterie ?

—Encore mieux que ça !

En rigolant, nous quittons la voisine. Nous montons l'escalier et nous nous engouffrons dans le logement de grand-maman. Nous sommes tellement heureuses que nous nous retenons pour ne pas caresser les murs, embrasser les portes ou chanter des louanges aux robinets.

Pendant que la lasagne se réchauffe dans le four et que l'eau bout pour le thé, grand-maman et moi, nous nous installons à la table de la cuisine avec trois jeux de cartes. Aussi incroyable que cela puisse paraître, nous réussissons à battre le record du plus gros château de cartes du monde entier. Quinze étages qui défient les lois de la gravité. C'est formidable! Notre château est tellement gros et tellement beau

que nous n'osons pas manger sur la table de la cuisine de peur qu'il s'effondre.

Alors, le sourire aux lèvres et le cœur léger, nous nous dirigeons vers le salon. Nous nous faufilons sous la douillette et nous mangeons notre lasagne en écoutant la télévision. Grand-maman s'empare de la télécommande. CLIC, CLIC, CLIC, elle change de poste jusqu'à ce que nous tombions d'accord. Et curieusement, nous tombons toutes les deux d'accord pour regarder la chaîne qui annonce des maisons à vendre. Alors, en mangeant la meilleure lasagne du monde dans la plus belle maison du monde, nous regardons des bungalows, des duplex, des triplex, des châteaux à vendre en disant :

—Wach! Il est beaucoup trop petit!

—Wark! Celui-ci est beaucoup trop laid!

—Beurk! Le balcon de celui-là est beaucoup trop haut!

—Yark! Celui-là est beaucoup trop grand!

Finalement, après avoir wacher, warké, beurké et yarké contre toutes les maisons présentées, grand-maman et moi, nous allons nous brosser les dents, puis nous allons nous coucher en chantant:

—J'ai un beau château,
  Ma tan ti re li re lire…
  J'ai un beau château
  Ma tant ti re li re lo!

Et pour la rime, j'ajoute:

—J'ai un beau château,
  belle grand-maman
  Lumbago!

Juste avant de m'endormir, je demande à grand-maman :

— Pouvez-vous me faire une phrase avec maison ?

— C'est facile, répond-elle en bâillant : J'habite une jolie maison.

— Mais non, grand-maman, je veux dire, faire une phrase avec le mot maison, mais sans que le vrai mot maison y soit vraiment.

— Mon Dieu Seigneur, je ne comprends pas, répond-elle en bâillant de plus en plus fort.

— C'est facile, écoutez bien : On pourrait habiter ailleurs, **mais on** est si bien chez soi.

Grand-maman ne me répond pas avec de vrais mots. Elle me répond en ronflant, ce qui veut dire qu'effectivement, elle est très heureuse chez elle.